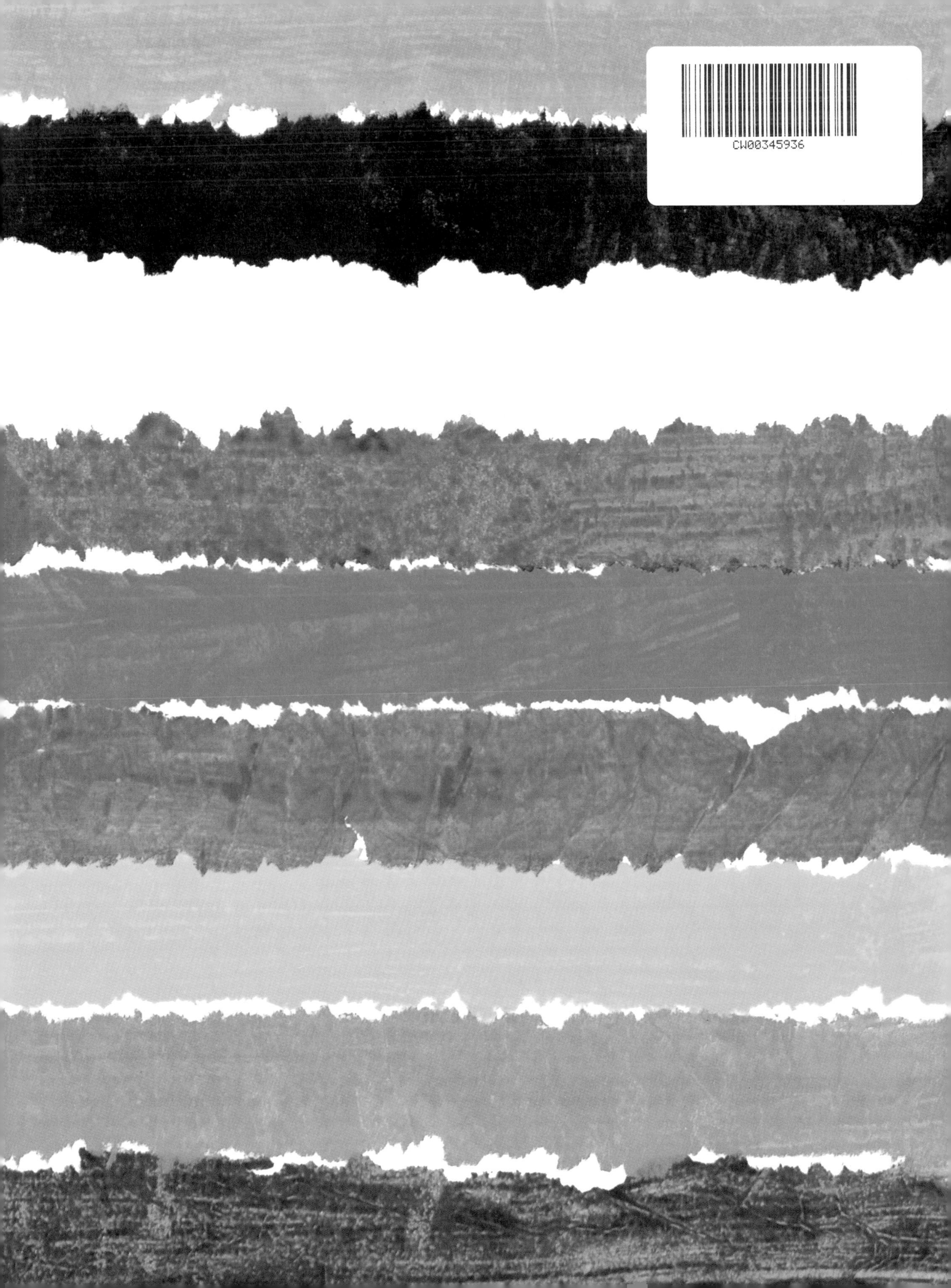
CW00345936

Texte français de Laurence Bourguignon

Titre original :
Brown Bear, Brown Bear, What Do You See ?
Henry Holt (New York)

ISBN 2-87142-226-5
D/2000/3712/14

Photogravure HTP
(Bruxelles)

Imprimé en Belgique

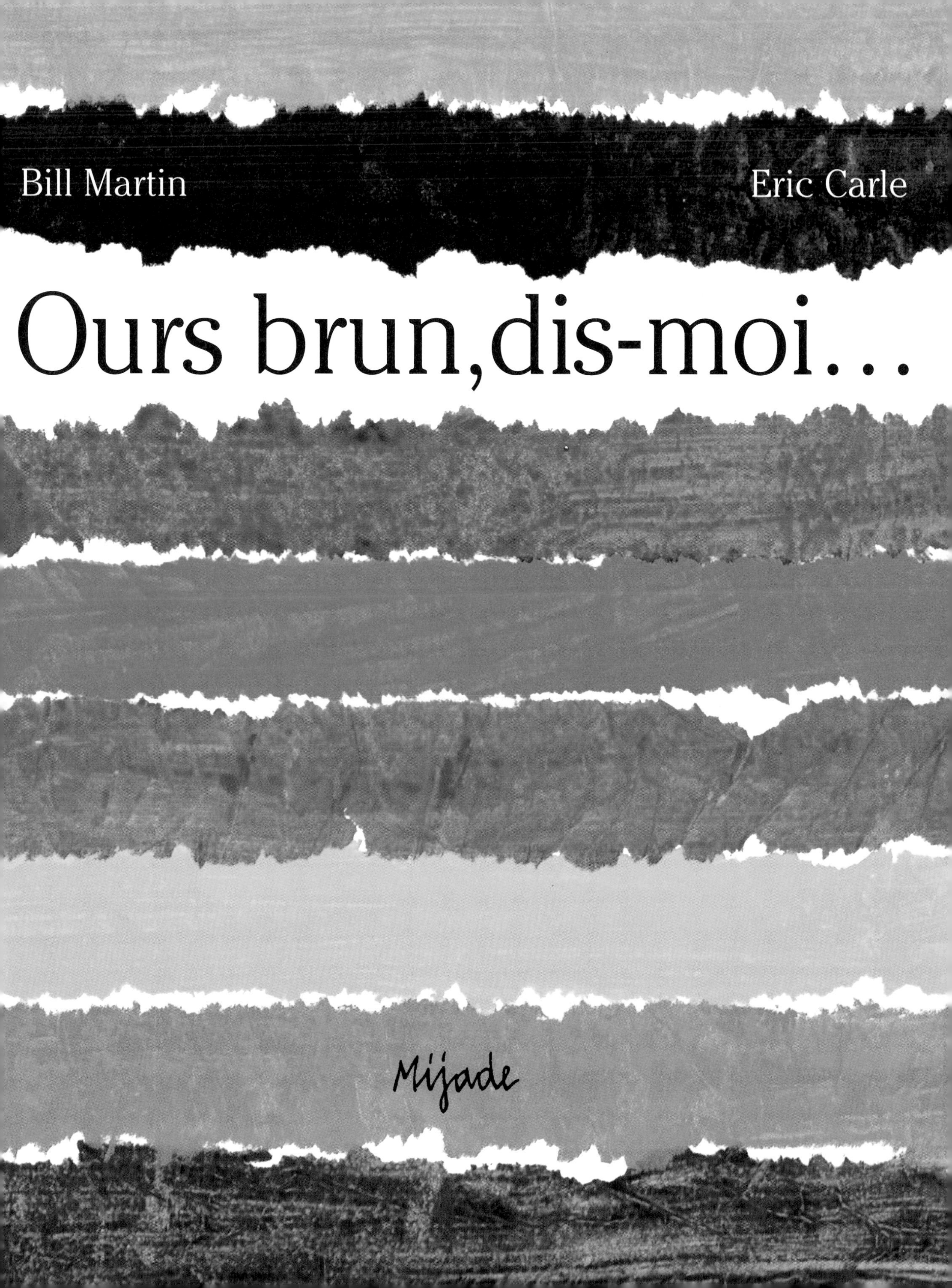
Bill Martin
Eric Carle
Ours brun, dis-moi...
Mijade

Ours brun, ours brun,
dis-moi ce que tu vois ?

Je vois un oiseau rouge
qui regarde par ici.

Oiseau rouge, oiseau rouge,
dis-moi ce que tu vois ?

Je vois un canard jaune
qui regarde par ici.

Canard jaune, canard jaune,
dis-moi ce que tu vois ?

Je vois un cheval bleu
qui regarde par ici.

Cheval bleu, cheval bleu,
dis-moi ce que tu vois ?

Je vois une grenouille verte
qui regarde par ici.

Grenouille verte, grenouille verte,
dis-moi ce que tu vois ?

Je vois un chat violet
qui regarde par ici.

Chat violet, chat violet,
dis-moi ce que tu vois ?

Je vois un chien blanc
qui regarde par ici.

Chien blanc, chien blanc,
dis-moi ce que tu vois ?

Je vois un mouton noir
qui regarde par ici.

Mouton noir, mouton noir,
dis-moi ce que tu vois ?

Je vois un poisson orange
qui regarde par ici.

Poisson orange, poisson orange,
dis-moi ce que tu vois ?

Je vois une institutrice
qui regarde par ici.

Institutrice, institutrice,
dis-moi ce que tu vois ?

Je vois des enfants
qui regardent par ici.

Enfants, enfants,
dites-moi ce
que vous voyez ?

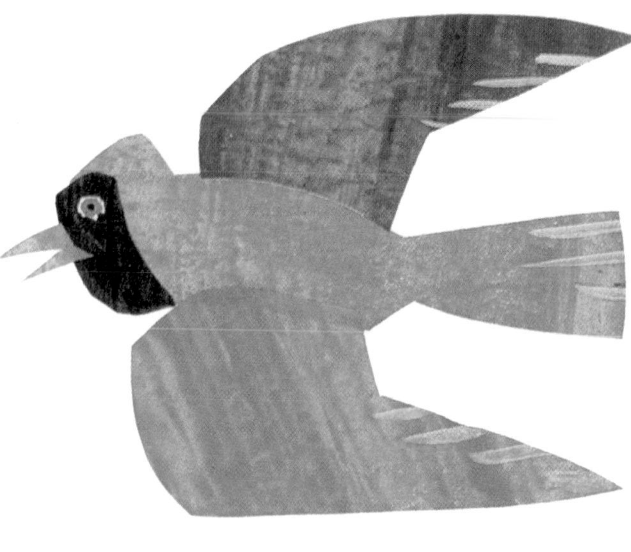

Nous voyons un ours brun, un oiseau rouge,

une grenouille verte,

un mouton noir, un poisson orange,

un canard jaune,

un cheval bleu,

un chat violet,

un chien blanc,

et une institutrice
qui regardent par ici.
Ça fait beaucoup
de monde !